문학과지성 시인선 **118**

혼자 가는 먼 집

허수경 시집

문학과지성사

문학과지성사에서 펴낸 허수경의 시집

청동의 시간 감자의 시간(2005)
누구도 기억하지 않는 역에서(2016)

문학과지성 시인선 118
혼자 가는 먼 집

초판 1쇄 발행 1992년 5월 8일
초판 35쇄 발행 2023년 11월 27일

지 은 이 허수경
펴 낸 이 이광호
펴 낸 곳 ㈜문학과지성사
등록번호 제1993-000098호
주   소 04034 서울 마포구 잔다리로7길 18(서교동 377-20)
전   화 02)338-7224
팩   스 02)323-4180(편집) 02)338-7221(영업)
전자우편 moonji@moonji.com
홈페이지 www.moonji.com

ⓒ 허수경, 1992. Printed in Seoul, Korea

ISBN 89-320-0555-9 02810

문학과지성 시인선 118

혼자 가는 먼 집

허수경

시인의 말

스승은 병중이시고 시절은 봄이다.
속수무책의 봄을 맞고 보내며 시집을 묶는다.
사랑은 나를 회전시킬까, 나는 사랑을 회전시킬 수 있을까,
회전은 무엇인가, 사랑인가.
나는 이제 떨쳐 떠나려 한다.

1992년 4월
허 수 경

혼자 가는 먼 집

차례

시인의 말

I

일러두기
본 시의 제목과 본문에 쓰인 한자 표기는 대부분 한글로 옮겼으며,
필요한 경우 병기하였다. (2018년 11월 기준)

공터의 사랑

한참 동안 그대로 있었다
썩었는가 사랑아

사랑은 나를 버리고 그대에게로 간다
사랑은 그대를 버리고 세월로 간다

잊혀진 상처의 늙은 자리는 환하다
환하고 아프다

환하고 아픈 자리로 가리라
앓는 꿈이 다시 세월을 얻을 때

공터에 뜬 무지개가
세월 속에 다시 아플 때

몸 얻지 못한 마음의 입술이
어느 풀잎자리를 더듬으며
말 얻지 못한 꿈을 더듬으리라

불우한 악기

불광동 시외버스터미널
초라한 남녀는
술 취해 비 맞고 섰구나

여자가 남자 팔에 기대 노래하는데
비에 젖은 세간의 노래여
모든 악기는 자신의 불우를 다해
노래하는 것

이곳에서 차를 타면
일금 이천 원으로 당도할 수 있는 왕릉은 있다네
왕릉 어느 한 켠에 그래, 저 초라를 벗은
젖은 알몸들이
김이 무럭무럭 나도록 엉겨붙어 무너지다가
문득 불쌍한 눈으로 서로의 뒷모습을 바라볼 때

굴곡진 몸의 능선이 마음의 능선이 되어
왕릉 너머 어디 먼데를 먼저 가서
그림처럼 앉아 있지 않겠는가

결국 악기여
모든 노래하는 것들은 불우하고
또 좀 불우해서
불우의 지복을 누릴 터

끝내 희망은 먼 새처럼 꾸벅이며
어디 먼데를 저 먼저 가고 있구나

불취불귀 不醉不歸

어느 해 봄그늘 술자리였던가
그때 햇살이 쏟아졌던가
와르르 무너지며 햇살 아래 헝클어져 있었던가 아닌가
다만 마음을 놓아보낸 기억은 없다

마음들끼리는 서로 마주 보았던가 아니었는가
팔 없이 안을 수 있는 것이 있어
너를 안았던가
너는 경계 없는 봄그늘이었는가

마음은 길을 잃고
저 혼자
몽생취사하길 바랐으나
가는 것이 문제였던가, 그래서
갔던 길마저 헝클어뜨리며 왔는가 마음아

나 마음을 보내지 않았다
더는 취하지 않아
갈 수도 올 수도 없는 길이

날 묶어
더 이상 안녕하기를 원하지도 않았으나
더 이상 안녕하지도 않았다

봄그늘 아래 얼굴을 묻고
나 울었던가
울기를 그만두고 다시 걸었던가
나 마음을 놓아 보낸 기억만 없다

울고 있는 가수

가수는 노래하고 세월은 흐른다
사랑아, 가끔 날 위해 울 수 있었니
그러나 울 수 있었던 날들의 따뜻함
나도 한때 하릴없이 죽지는 않겠다,
아무도 살지 않는 집 돌담에 기대
햇살처럼 번진 적도 있었다네
맹세는 따뜻함처럼 우리를 배반했으나
우는 철새의 애처로움
우우 애처로움을 타는 마음들
우우 마음들이 가여워라
마음을 빠져나온 마음이 마음에게로 가기 위해
설명할 수 없는 세상의 일들은 나를 울게 한다
울 수 있음의 따뜻했음
사랑아, 너도 젖었니
감추어두었던 단 하나, 그리움의 입구도 젖었니
잃어버린 사랑조차 나를 떠난다
무정하니 세월아,
저 사랑의 찬가

정든 병

이 세상 정들 것 없어 병에 정듭니다

가엾은 등불 마음의 살들은 저리도 여려 나 그 살을 세상의 접면에 대고 몸이 상합니다

몸이 상할 때 마음은 저 혼자 버려지고 버려진 마음이 너무 많아 이 세상 모든 길들은 위독합니다 위독한 길을 따라 속수무책의 몸이여 버려진 마음들이 켜놓은 세상의 등불은 아프고 대책없습니다 정든 병이 켜놓은 등불의 세상은 어둑어둑 대책없습니다

흰 꿈 한 꿈

혼자 대낮 공원에 간다
술병을 감추고 마시며 기어코 말하려고
말하기 위해 가려고, 그냥 가는 바람아, 내가 가엾니?

삭신은 발을 뗄 때마다 만든다, 내가 남긴 발자국, 저
건 옴팍한 속이었을까, 검은 무덤이었을까, 취중두통의
길이여

고장난 차는 불쌍해, 왜?
걷지를 못 하잖아, 통과해내지를 못 하잖아, 저러다 차
는 썩어버릴까요
저 뱀도 맘이 아파, 왜?
몸이 다리잖아요 자궁까지 다리잖아요 그럼,
얼굴은 뭘까?
사랑이었을까요……
아하 사랑!
마음이 빗장을 거는 그 소리, 사랑!

부리 붉은 새, 울기를 좋아하던 그 새는 어디로 갔나요?

그런데 왜 바보같이

벌건 얼굴을 하고 남몰래 걸어다닐 수 있는 곳만 찾아
다녔지?

그 손, 기억하니?
결국 마음이 먹은 술은 손을 아프게 한다
이 바람……

내 마음의 결이 쓸려가요 대팻밥 먹듯 깔깔하게 곳간
마다 손가락, 지문, 소용돌이, 혼자 대낮의 공원

햇살은 기어코 내 마음을 쓰러뜨리네

당신……

마치 꿈꾸는 것처럼

너의 마음 곁에 나의 마음이 눕는다
만일 병가를 낼 수 있다면
인생이 아무려나 병가를 낼 수 있으려고……,

그러나 바퀴마저 그러나 너에게 나를
그러나 어리숙함이여

햇살은 술이었는가
대마잎을 말아 피우던 기억이 왠지 봄햇살 속엔 있어

내 마음 곁에 누운 너의 마음도 내게 묻는다
무엇 때문에 넌 내 곁에 누웠지? 네가 좋으니까, 믿겠
니?
믿다니!

내 마음아 이제 갈 때가 되었다네
마음끼리 살 섞는 방법은 없을까

조사는 쌀 구하러 저자로 내려오고 루핑집 낮잠 자는

여자여 마침 봄이라서 화월지풍에 여자는 아픈데
　　조사야 쌀 한줌 줄 테니 내게 그 몸을 내줄라우

　　네 마음은 이미 떠났니?
　　내 마음아, 너도 진정 가는 거니?

　　돌아가 밥을 한솥 해놓고 솥을 허벅지에 끼고 먹고 싶
다 마치 꿈처럼
　　잠드는 것처럼
　　죽는다는 것처럼

연등 아래

밤이었구요 공중에서 흐르는 것들은 아팠는데요
쓸쓸함을 붙잡고
한세상 흐르기로는
아무려나
흐를 수 없음을 이겨내려구요

고운 것을 바라보는
당신의 마음빛이
저 불빛을 상하게 하네요 당신이 불쌍해
이 명命을 다하면 어떻게 하려구요

나무 한 그루를 심고 기다리는 이
또 한 그루를 마음속에 옮겨놓고 기다리는 이
그러나 여전히 설레이는 명命은 아파요

명命의 갈 길은 어쨌든 움직이는 거지요
움직임 당신의 움직임 당신이 불쌍해

밤이었구요

흐르는 것의 몸이 흐르지 못한

마음을 흘려 저 등燈이 나그네 하나쯤 거느릴 수 있으
려면

아무려나 당신 마음의 나그네가

내 마음의 나그네를 어디

먼빛으로나마 바래줄 수 있으려구요

밤이었구요

상처의 실개천엔 저녁해가 빠지고

상처의 실개천엔 저녁해가 빠지고 바람같이 장난같이
시시덕거리며 세월도 빠졌습니다
　산들은 활처럼 둥글게 사라져버리고 이 실개천 꽃다홍
주름이 어둠을 다림질하며 저만치 저만치 가버릴 때 바
닥에서 스며드는 먹물, 저녁해는 물에 빠져나오지 않고

　동생들이 누이를 가엾어하는 상처의 실개천엔
　누이들이 지는 해처럼 빠지는
　내 상처의 실개천엔
　세월도 물에 빠져나오지 않고

저무는 봄밤

봉천본동 개나리 누런 바람
그해는 유난히 배가 고팠네
그애도 쌀 한 봉지에 하초를 빌리던 그애도
그애 방에 자주 오던 아저씨들도
이제 막 간지럼을 피며 돋아들던 그애 젖망울도
비릿한 초경. 붉은 달처럼
저물어가 카바이드불 낮게 흔들리는
포장집마다 흉흉한 소문이 돌고
여자들이 떼로 몰려와 그애 머리채를
휘어감던 봄밤도
배가 고팠네 떠날 때 그애를 거두어갔다던
하수도 치는 늙다리 총각 절룩이는 그의
황사 같은 반쪽 다리도
이제 막 물이 오르기 시작한 그애의 하초도
눈에 가득 봄밤을 담고
저물어 저물어가던 봉천본동 개나리
누런 입술 위로 슬몃거리던
바람도 아흐 집집마다 슬레이트 지붕 위로
덮쳐오던 저무는 봄밤
시퍼런 내침의 봄밤

명동, 카바이드불

밤 늦은 창으로 녹매화가 날렸던 날 한 가지 색실로도 기화를 이워내고 둥근 수틀 속의 집이여 두어 마리 가금이나 낮은 뜰 채송화와 연녹두 여치를 길러내어 박 속 같은 수란이나 간 얇은 민어포의 점심상

그 눈마을 풍경 속에 주워다 기른 개 한 마리 새끼를 낳는다면,

늦은 밤 명동 싸구려 액자

그 액자를 비춰내던 카바이드불

내가 진정 본 건 무엇인가

혼자 가는 먼 집

당신……, 당신이라는 말 참 좋지요, 그래서 불러봅니다 킥킥거리며 한때 적요로움의 울음이 있었던 때, 한 슬픔이 문을 닫으면 또 한 슬픔이 문을 여는 것을 이만큼 살아옴의 상처에 기대, 나 킥킥……, 당신을 부릅니다 단풍의 손바닥, 은행의 두 갈래 그리고 합침 저 개망초의 시름, 밟힌 풀의 흙으로 돌아감 당신……, 킥킥거리며 세월에 대해 혹은 사랑과 상처, 상처의 몸이 나에게 기대와 저를 부빌 때 당신……, 그대라는 자연의 달과 별……, 킥킥거리며 당신이라고……, 금방 울 것 같은 사내의 아름다움 그 아름다움에 기대 마음의 무덤에 나 벌초하러 진설 음식도 없이 맨 술 한 병 차고 병자처럼, 그러나 치병과 환후는 각각 따로인 것을 킥킥 당신 이쁜 당신……, 당신이라는 말 참 좋지요, 내가 아니라서 끝내 버릴 수 없는, 무를 수도 없는 참혹……, 그러나 킥킥 당신

저 잣숲

내가 잠에서 깨어났을 때 여린 푸른 가시들은 햇빛으로 나를 향해 저의 침을 겨누고 있었지요 나는 일종의 포획된 짐승 같은 거였는데 그러니까 저 수성의 내가 느끼는 건 뭐였겠습니까 나는 저 여린 가시들 속에 그러나 혼곤해 있었는데 가시들이 몸을 뚫고 들어와 나는 꿈틀거리며 가시를 바투어내느라 팥죽같이 끓어올랐는데요 그러나 그렇게 약든 마음은 푸른 여린 가시만이 보였을 터지요 일종의 포획된 짐승이었던 나는 실히 기린이나 한 마리 되어 이 세계에 보이지 않는 그러나 지금은 잣이나 쏟아내는 거였는데……

II

저 나비

때로 버려지는 아픔이여 때로 노래하는 즐거움이여
때로 오오 하는 것들이여 아아 우우 하는 것들이여
한 세계를 짊어진 여린 것들의 기쁨이여
그 기쁨의 몸이 경계를 허물며 너울거릴 때 때로 버려
지는
아픔과 때로 노래하는 즐거움의 환호 그 환호의 여림
때로 아아 오오 우우 그런 비명들이 짊어진 세계여
때로 아련함이여
노곤한 몸이 짊어지고 가는 마음

무심한 구름

한—, 청평쯤 가서 매운 생선국에 밥 말아먹는다
내가 술을 마셨나 아무 마음도 없이 몸이 변하는 구름
늙은 여자 몇이 젊은 사내 하나 데리고 와 논다

젊은 놈은 그늘에서 장고만 치는데 여자는 뙤약볕에서
울면서 논다
이룰 수 없는 그대와의 사랑이라는 게지!
시들한 인생의 살찐 배가 출렁인다
저기도 세월이 있다네 일테면 마음의 기름 같은 거

천변만화의 무심이 나에게 있다면
상처받은 마음이 몸을 치유시킬 수 있을랑가
그때도 그랬죠 뿔이 있으니 소라는 걸 알았죠 갈기가
있으니 말이란 걸 알았죠*
그렇다면 몸이 있으니 마음이라는 걸 알았나

생선국에 풀죽은 쑥갓을 건져내며
눈가에 차오른 술을 거둬내며 본다 무심하게 건너가버
린 시절

아무것도 이루어질 수 없었던 시절

* 한퇴지(韓退之)의 「획린해(獲麟解)」중에서.

사랑의 불선不善

너는 왜 위胃가 아프니 마음이 아프지 않고
그래서 이렇게 묻잖아 약은 먹니 술은 안 마시니 지워
진 길도 길이니 얼굴이 아플 때도 있니 너 누구에게 맞았
니!

그래서 돌아본다 조용필이나 고르며 일테면 나는 물고
기 비늘 많은 물고기 가시 많은 물고기 가거도에 가면 멸
치를 잡을 수 있을까요

마음끼리 헤어지기 싫어할 때 견딜 수 없는 몸은 마음
으로 들어온다 에이 바보같이 에이,
마음의 어깨 마음의 다리 마음의 팔이 몸을 안는다

약은 먹니 그래그래 너는 아가리의 심연을 아니
근데 왜 바보같이 맞기만 했을까
몸의 마음이 너를 때렸니 가기 위해
돌아오기 위해?
허랑허랑……

산수화

럭키슈퍼마켓 저 적벽에 붙은 한 구멍가게에서 술병
가쟁이를 닦아 한잔 한다 늙은 여자가 속옷바람으로 나
와 저녁 밤, 찬 찌꺼기를 찌뜨리고 간다
한 시절 갈아입지 못한 속옷에서 나는 냄새여

나의 달은 콩나물 대가리마다 한 적막강산 희게 밥풀
꽃을 피우는구나

바다탄광

1940년댄가 50년댄가 전국 방방곡곡을 다니던 부길부
길show라는 게 있었다 가수와 만담 아니 창가쟁이와 이
바구꾼 운다고 옛사랑이 예엣사랑이 설까치 노을에 기대
울던 눈매로 밤에는 몸 팔던 논다기가 낮에 가수로 울던
show

양금쟁이 색소폰쟁이 폐병과 삶의 나병을 전염시키며
다니던 그렇지, 본디 show라는 게 나병이 전염된듯 은밀
한 천역이 있는 게지 글쎄 그렇다니까!

마작을 하던 여관의 등불 아래 새벽 홰에 끓인 술을 돌
려 마시며 우억거리며 간밤 재게 먹은 술을 다 토해낼 때
그 어떤 표정! 러시안 룰렛은 삶의 여유일까? 죽음의 여
유일까? show라는 게 예술이라는 게 비단같이 기대지는
걸까 탄광 같은 것일까

노역을 해도해도 버려지는 삶, 먹어도먹어도 배가 고
픈 저 천역 노름쟁이와 논다니는 노래한다 내 인생은 외
상 없는 길 내 인생은 막장 하지만 내 노래는 누굴 위한
걸까* 하지만 내 영혼은 버려졌을까 하지만 내 인생은 바
다탄광 저 어쩌지도 못하고 기대고 버려지고 가고 하지
만 내 노래는……

쉬고 있는 사람

환멸아, 네가 내 몸을 빠져나가 술을 사왔니?
아린 손가락 끝으로 개나리가 피는구나
나, 세간의 블록담에 기대 존다

나, 술 마신다
이런 말을 듣는 이 없이 했었다
나, 취했다, 에이 거지같이

한 채의 묘옥과
한 칸의 누울 자리
비천함!
아가들은 거짓말같이 큰 운동화를 사신었도다

누군가 노래한다
날 데려가다오, 비빌 곳 없는 살 속에
해 저문 터진 자리마다 심란을 묻고
그럴 수 있을까,
날 데려가다오
내 얼굴은 나를 울게 한다

아팠겠구나, 에이, 거지같이
나 말짱해, 세간의 블록담 위로
구름이 흩어진다 실밥같이 흩어진
미싱 바늘같이 촘촘한
집집마다 걸어놓은 홍등의 불빛, 누이여
어머니,
이 세간 혼몽에 잘 먹고 갑니다

아버지의 유작 노트 중에서

……여행을 한다, 겨울 속으로 눈은 끝없이 내리고, 새
는 후두둑……, 인적의 바퀴는 눈에 쓸려가고 우렁우렁
…… 설산雪山이 대답하는 고요…… 나는 발견한
다……

대숲……,

너무 좋아서, 맨발의 아가처럼
연록의 저 천진, 천진은 애리다

……며칠을 서성인다, 들어가보지 못하고, 저 숲의 속
은 자궁처럼 고요하리라 탯줄처럼, 황홀의 타원 쭈글쭈
글한 주름벽의 황홀…… 정말 가지고 싶은 것은 가져서
는 안 된다, 인적의 바퀴처럼 지나온 것들은 마땅히 묻을
것을 묻어준다…… 가져서는 안 된다, 이것이 나의 일생
이었도다……

그러나 끝내 비틈한 어깨여
쓰러지고 싶지는 않았으나 끝내 쓰러지리라

……쓰러진 위에…… 위에 발자국을 지우며 하얀 녹음
밑의 시커먼 개골창……

    나의 돌아감을 나여 허락하라

    나는 나에게밖에 허락을 간구할 때가 없나니

골목길

　→ 따라가다가 막다른 곳에서 땀을 뻘뻘 흘리고 나오
는 통 불거진 사내를 만나거나 하얀 모시를 처맨 다 시어
빠진 여편네를 만난다

　삶에게 묻는다 그런 것이냐
　보양의 탕 속에서 녹작지근해지거나 혹
　천기누설의 값을 치르고 몇 가지 길흉을 얻어내는 게
너냐?
　어쩌자고 고여 있는 것들은 뚱뚱해지거나 비썩 마르게
되는가

　마음에게 묻는다 그런 것이냐
　그 골목길 쓰레기통 옆에서 몸은 마른 쥐껍데기
　사라진 몸은 이빨 자국만 남긴다 버려진 욕망 같은 저
수박 껍데기

　→ 따라가다가 막다른 곳에서 두 다리를 오므리고 소
리죽여 오줌 누는 계집애를 만난다
　오줌 줄기가 내놓은 →의 아련함, 무심함으로

슈퍼 라디오는 노래한다 라디오는 흐른다

그런 것이냐, 견딜 수 없는 저열과 함께
⟶ 쭉 따라, 가는 게 너냐 그런 것이냐

서늘한 점심상

잠깐, 광화문 어디쯤에서 만나 밥을 먹는다
게장백반이나 소꼬리국밥이나 하다못해 자장면이라도
무얼 먹어도 아픈 저 점심상

넌 왜 날 버렸니? 내가 언제 널?
살아가는 게, 살아내는 게 상처였지, 별달리 상처될 게
있다면 지금이라도 떠나가볼까,
캐나다? 계곡? 나무집? 안데스의 단풍숲?
모든 관계는 비통하다, 지그시 목을 누르며
밥을 삼킨다
이제 나에게는 안 오지? 너한테는 잘 해줄 수가
없을 것 같아, 가까이할 수 없는 인간들끼리
가까이하는 일도 큰 죄야, 심지어 죄라구?

너는 다시 어딘가에서 넥타이를 반쯤 풀며
자리에 앉아 담배를 피우며 머리를 누르고
나는 어디, 부모 친척 없는 곳으로 가볼까?
그때, 넌 왜 내게 왔지?

너, 왜라고 물었니?

C'est la vie, 이 나쁜 것들아!

나, 어디 도시의 그늘진 골목에 가서

비통하게 머리를 벽에 쪟으며……

다시 간다

먹고 싶다……

　서울 처음 와서 처음 뵙고 이태 만에 다시 뵙게 된 어
른이 이런 말을 하셨다 자네 얼굴, 못 알아볼 만큼 변했어

　나는 이 말을 듣고
　광화문, 어느 이층 카페 구석 자리에 가서 울었다
　서울 와서 내가 제일 많이 중얼거린 말
　먹고 싶다……,
　살아내려는 비통과 어쨌든 잘 살아남겠다는 욕망이
　뒤엉킨 말, 먹고 싶다
　한 말의 감옥이 내 얼굴을 변하게 한 공포가
　삼류인 나를 마침내 울게 했다
　그러나 마침내 반성하게 할까!

　나는 드디어 순결한 먹고 싶음을 버렸다 서울에 와서
순결한 먹고 싶음을 버리고
　조균의 어리석음, 발바닥의 들큰한 뿌리
　그러나 사랑이여, 히죽거리며 내가 너의 등을
　찾아 종알거릴 때 막막한 나날들을
　함께 무너져주겠는가, 이것의 먹고 싶음,

그리고 나는 내 얼굴을 버리고
길을 따라 생긴 여관에 내 마음조차 버리고
안녕이라 말하지 마 나는, 먹고 싶다……,
오오, 날 집어치우고……

쓸쓸한 여관방

꿈에도 길이 있으랴 올 수 없는 마음이여
그러나 흘러감이여

제일 아픈 건 나였어 그래? 그랬니, 아팠겠구나
누군가 꿈꾸고 간 베개에 기대 꿈을 꾼다

꽃을 잡고 우는 마음의 무덤아 몸의 무덤 옆에서
울 때 봄 같은 초경의 계집애들이 천리향 속으로
들어와 이 처 저 처로 헤매인 마음이 되어
나부낀다, 그렇구나! 그렇지만 아닐 수는 없을까

한철 따숩게 쉬긴 그런대로 괜찮았으나
몸은 쉬고 간다만 마음은? 마음은 흐리고 간다만 몸
은?
네 품의 꿈. 곧 시간이 되리니 그 품의 문을
누군가 두드린다, 나갈 시간이 되었다고?
오오, 네 품에도 시간이 있어

한 날 낙낙할 때 같이 쓰던 수건이나 챙겨

어느 무덤들 곁에 버려진 꿈처럼 길을 찾아

낙낙한 햇살 아래 꾸벅꾸벅

졸며 있으리라

산수화
— 그 어디멘가 포크레인은

그 어디멘가 마을 복사꽃들 사이 저 포크레인
가네 꽃들 연한 살을 순하게 따먹는
저 포크레인

마치 봄두렁에 황소 한 마리
노랑나비 달고 다복다복 가드끼……

강을 넘어
산을 넘어
경계를 허무니 저 또한 건달 아닌가

그 어디멘가 포크레인 진경을 그리며
산수의 담담함 속을

담담히 허물어지는 저 진경!
살은 이겨져 냄새만 독헌디

저 또한 건달 아닌가, 별것 아닌 것겉이

마치 환한 노랑나비 달고
싸묵거리는 황소곁이……

아직도 나는 졸면서

철물점 모퉁이에 자귀나무 연자꽃이 붉어갑니다
제 몸보다 더 큰 배터리를 둘쳐맨 라디오에서
운다고 옛사랑이 흘러나오면 꾸깃꾸깃한 치마를
뒤뚱이며 역전다방 미스 김 커피 배달 가는,
길을 가로질러 어느 문으로 사라지는 미스 김
마치 꿈의 문을 통과해서 당도하는 거대한 무의식의
아가리 같은
저   문
자귀나무 연자꽃이 봉긋한 반달의 옆구리를 털어
수염꽃을 피우고, 라디오는 제 몸보다 더 큰 동력으로
운다고 옛사랑이, 과격해진다고 옛사랑이
머리칼을 쥐어뜯고 앞가슴을 풀어헤치며, 그러나
졸면서 한낮의 햇살 아지랑이를 피워내는
철물점의 쇠사슬, 대못, 가시 철망 그러나
풀붓이며 대싸리 빗자루며
가두려는 억센 것이 풀려는 순한 것 사이에서 고대로
정돈되어 있는 저 무의식의 무심함!
미스 김은 나올 줄 모르고 채권 가방을 든
한 사내가 지나갑니다

전화 채권이나 수도 채권 사압니다
사압니다
운다고 옛사랑이 미친다고
옛사랑의 그림자가……

하지만 애처로움이여

— 연전에 신세진 홍제암 어른을 뵈러 해인사 근처엘
갔을 때 버스 안에 마주친 한 인생이 나에게 물었다:

해인사 밑에 있다는 부산다방이 어디 있능교?
부산다방?
그 표정이 나를 아프게 했다
당신이나 나나, 이 지상에서 아늑한 곳을 찾긴 글렀군
때문은 무릎을 외로 꼬고 앉아 다 식은 쌍화차에
날계란을 풀어 먹으며 대추를 건져낼 수 있는 한갓진
부산다방이 어디 있겠는가 가끔 이런 노래, 오실 땐
단골 손님 안 오실 땐 남인데, 손이 한적할 땐 근처
국립공원 자락에 가서 연필 깎는 칼로 쑥부쟁이나 잘
라와
물김치 해서 밥 먹는 꿈!
상처에는 상처의 마음, 마음에는 상처의 꿈, 대낮에
티 위스키 한 잔 우우. 밟힌 풀은 서러워요 하지만
애처로움이여 이 꿈 같은 한 시절 내가 그곳에
서 있나벼 그러나 애처로운 깰 수 없음이여, 아늑한
사내 등에 기대 잔시름 부려놓고 싶은 하지만,

애처로움이여

버스에서 내려 나는 홍제암 그이는 부산다방 이같이

어딘가를 찾아가는 의욕도 필경은 쓸쓸하게 되고 말겠

지만*

마지막 의욕조차도!

* 두자미(杜子美)의 오언절구(五言絶句) 중에서.

갈꽃, 여름

— 비인불전非人不傳이라 했거늘, 했거늘 민족문학작
가회의 농성장에서 김사인은 나를 때렸다 혹독한 매질
이었다고……, 나는 기억하지만 그것이 저녁밥 뜸들이는
내 고향의 누옥처럼 아련했다 —

갈꽃이 한 시야를 메우고 저 창창한 여름이 몸을 건너
올 때 마음의 꿈, 마음의 집, 나는 서울의 한 횡단보도에
서 비명횡사하고 싶어질 때마다 김사인의 매를 생각했
다. 이 화상아 정을 주었다 하면 어째 그러냐, 혈친 같은
정을 꾸벅이면서 주고는 어깨를 경사지게 하고는 물 건
너듯 무심하게 가버리느냐

김사인을 만나고 난 뒤, 다방에 가서 꼭 그런다, 커피
를 마시고 보리차에다 설탕을 통째로 부어 설탕물을 한
그릇하고, 티를 낸다, 쯔쯧 저 티, 어떻게든 벗어던질 수
없는 업 같은 저 못 먹고 자란 티를!

그리고 낡은 가죽 소파에 한 시절을 기대고 내 시야를
가득 메워오던 갈꽃, 빗자루 구슬 꿰며 어머니, 여름의 창

창한 속으로 기어오르던 뜨거운 해 속에 설탕물을 부시
던 갈꽃가루 환한 부신 눈에 김사인의 매질, 그 또한 그
를 때리던 서울의 한 농성 먹지도 먹히지도 않은 기차의
시절, 손을 흔들며 아련하게 나는 앉아 있다

늙은 가수
─ 뽕짝의 꿈

나 오래전 병아리를 키웠다네
이놈이 닭이 되면 내버리려고
다 되면 버리는 재미
그게 바로 남창 아닌가, 아무데서나 무너져내리는 거

반짝이는 거
반짝이면서 슬픈 거
현 없이도 우는 거
인생을 너무 일찍 누설하여 시시쿠나

그게 바로 창녀 아닌가, 제 갈 길 너무 빤해 우는 거

닭은 왜 키우나 내버리려고
꽃은 피면 왜 다리를 벌리나 꽃에겐 씨앗의
꿈이란 없다네 아름다움에
뭐, 꿈이 있을 턱이

돌아오고 싶니? 내 노래야
내 목젖이 꽃잎 열 듯 발개지던 그 시절

노래야, 시간 있니? 다시 돌아올 시간,

나 어느 모퉁이에서 운다네
나 버려진 거 같아 나한테마저도……

내일의 노래란 있는 것인가
정처없이 물으며 나 운다네

정처없는 건들거림이여

저 풀들이 저 나무잎들이 건들거린다
더불어 바람도
바람도 건들거리며 정처없이
또 어디론가를……

넌 이미 봄을 살았더냐
다 받아내며 아픈 저 정처없는 건들거림

난 이미 불량해서 휘파람 휘익
까딱거리며 내 접면인 세계도 이미 불량해서 휘이익

미간을 오므려 가늘게 저 해는 가늘고
비춰내는 것들도 이미 둥글게 가늘어져

둥글게 휜 길에서 불량하게
아픈 저 정처없는 건들거림
더불어 바람도
또 어디론가를……

왜 지나간 일을 생각하면

왜 지나간 일을 생각하면 꿈 같은가 현세의 거친 들에
서 그리 예쁜 일이라니

나 돌이켜 가고 싶진 않았다네 진저리치며 악을 쓰며
가라 아주 가버리라 바둥거리며 그러나 다정의 화냥을
다해
온전히 미쳐 날뛰었던 날들에 대한 그리움 등꽃 재재
거리던 그 밤 폭풍우의 밤을 향해

나 시간과 몸을 다해 기어가네 왜 지나간 일은 지나갈
일을 고행케 하는가 왜 암암적벽 시커먼 바위 그늘 예쁜
건 당신인가 당신뿐인가

인왕제색커든 아주 가벼려 꿈 같지도 않게 가버릴 수
있을까, 왜 지나간 일을 생각하면 내 몸이 마음처럼 아
픈가

저 산수가

저 산수山水가 날 기댈 데 없이 만드네 저 유정한 산수
가 저 혼자 무정한 시절을 거느리려고 하는가

나 돌아갈 곳 저곳뿐 저곳뿐 생각나면 언제나,
비린 찬 올라오는 아침 밥상처럼 아득한가

저건 처녀의 무릎, 저건 지옥
그야 뭐 다 놓아버리면 그만이지요

담담한 수채의 지옥, 그러나 저곳마저 기대지지 못한
다면 나 도시의 뒷골목에서 죽어야 하나

죽어 발목에 명찰을 달고 저 산수 속에 버려져야 하는
가 어쩔 수 없이 당신을 생각하며 가버려야 하는가

III

저 누각

장마 우중에 아버지와 나는 산을 올랐습니다 산이래야 일테면 베갯머리 모양 가벼운 거였지만 산행은 일테면 베갯머리를 괴고 누운 한 마음같이 무거운 거였지요

뽀얀 물안개가 꼼짝도 않고 그러나 움직임의 경계를 지우며 우리가 내버리고 온 다른 등성이를 감싸고 있었는데 다만 연보라의 안개 저쪽에는 어떤 우중인지 그리고 우중 아니래도 상관은 없었습니다.

오다 오다 서럽더라 의내여 바람이여 아버지와 나는 인간의 육肉으로 들어가 즙액의 탕을 만들어내는 곤죽의 땀과 그러나 말라 비틀어진 마음의 한켠이 기울어져 이대도록 멀고 긴 길을 나섰는지 모른다고 생각했는데요

저 아른거리는 물안개 저편

저편이래봤자 손으로 젖히면 열릴 거였지만 그러나 손을 내밀기는 천근처럼 무거웠지요 그러나 아버지는 성큼 성큼 물안개를 건너가더니 다시 나오지 않았고 망연히 쳐다보는 나는

아련히 올라간 마음의 끝을 쫓아 몸으로 빗장을 삼은 아버지가 아팠습니다 아픈 아버지의 아련한 몸이 세계의 나무처럼 누각 끝의 풍경을 건드리고 풍경은 물안개를

건드리고 긴긴 세계의 경계를 만들어내는 것을 나는 망
연히 바라만 보고 있었습니다

표정 1

사내는 환한 등불 아래 웅크리고 앉아 건물을 지켰
도다
　오 쓸모없는 건물 이 건물의 주인은 자본이 사유해낼
수 없는 꿈을 가졌던 모양이군 임대되지 않는 형이상학
이야

　사내는 천천히 도시락을 꺼내네
　식은 밥은 마른 찬처럼 아픈 식도를 내려가 빈 위장에
가시처럼 박혔도다
　아마 식은 밥이 내 생애의 전당물이었을걸 나는 아직
도 밥을 먹으면 마음이
　아파오지 쓸모없는 건물같이 잘 임대가 되지 않는 생
애에도 격절보다는 능선이
　많은 법이거든 이만큼 이어온 것이 차라리 식은 밥처
럼 내 식도를 건드려주기만 해도
　내 표정은 변할 수 있었어 나의 무표정은 내 생애처럼
끈질기지 나는
　어디에다 표정을 빠뜨리고 말았을까
　꿈 같군 임대를 기다리며 식후의 보리차를 데우는 것이

밥이 아픈 건 능선의 고향 같은 것일 뿐이다

새로 끼운 유리창 너머로 웬 아가씨가 여길 들여다보
고 있을까
이봐요 아가씨
당신은 이 도시에서 몸부터 먼저 헐릴 거야 끝내 마음
은 가지고 다닐 수 없이 무거워지겠지 벌써 저녁이 끔찍
한가
아가씨
무표정과 동무할 수 있는 건 도시의 등불밖엔 없어
아가씨 빨리 갈 길을 가요 얼마나 수많은 끔찍한 저녁
이 삭신에 걸터앉아야 무표정하게 나를 스쳐갈 수 있을
지 때로 밥이 아프거든 능선의 고향을 생각해요 끝내 갈
수 없는 곳일 터이므로

이 건물의 주인은 조랑말도 지나갈 수 없는 곳에다 포
크레인을 끌어들일 게 뭐람 저 가질 수 없는 표정을 한
아가씨
저 아가씨라도 자본이 소유해낼 수 있는 꿈을 가졌으

면 좋으련만 빌어먹을, 무표정을 새로 시작하려는 것들
이 끊임없이 목숨을 받고 또 받고 있는 걸까

청년과 함께 이 저녁

가지에 깃드는 이 저녁
고요한 색시 같은 잎새는 바람이 몸이 됩니다
살금살금, 바람이 짚어내는 저 잎맥도
시간을 견뎌내느라 한 잎새에 여러 그늘을 만드는데
그러나 여러 그늘이 다시 한 잎새 되어
저녁의 그물 위로 순하게 몸을 주네요
나무 아래 멈춰 서서 바라보면 어느새 제 속의 그대는
청년이 되어 늙은 마음의 애달픈 물음 속으로
들어와 황혼의 손으로 악수를 청하는데요
한 사람이 한 사람을 스칠 때
한 사랑이 또, 한 사람을 흔들고 갈 때
터진 곳 꿰맨 자리가 아무리 순해도 속으로
상처는 해마다 겉잎과 속잎을 번갈아내며
울울한 나무 그늘이 될 만큼
깊이 아팠는데요

그러나 그럴 연해서 서로에게 기대면서 견디어내면서
둘 사이의 고요로만 수수로울 수는 없는 것을, 한 떨림으
로 한세월 버티어내고 버티어낸 한세월이 무장무장 큰

떨림으로 저녁을 부려놓고 갈 때 멀리 집 잃은 개의 짖는
소리조차 마음의 집 뒤란에 머위잎을 자라게 하거늘 나
또한

　애처로운 저 개를 데리고 한때의 저녁 속으로 당신을
남겨두고 그대, 내 늙음 속으로 슬픈 악수를 청하던 그때
를 남겨두고 사라지려 합니다, 청년과 함께 이 저녁 슬금
슬금 산책이 오래 아프게 할 이 저녁

도시의 등불

헤이, 아가씨, 오늘 나랑 같이 갈까
고향 오래비처럼 안아줄게 꽃 한 송이
사줄까 밥 한끼 먹여줄까 겁내지 마
그리고 제발 울지 마

기차가 지나가는 어디쯤 방을 잡을까
이틀쯤 잠잘 곳이었음……

살 속에 환한 배추꽃 무꽃 이대로
아편같이 시름 없이 아편같이 꿈 없이
아흐, 어쩌다 여기까지 왔을까

아가씨, 가서 돌곱창이라도 구울까
내 손수건이라도 줄까
손수건은 너무 더러워, 아흐 어쩌다가
아가씨 울지 마, 고향 오래비처럼 안아줄게

볼에 따스한 입술을 대어줄게 그 브래지어 끈 좀
안으로 집어넣어 그 슈미즈도 치마 속으로 넣고

날 울리지 마 제발, 철새 같은 이농의 경부선 같은 날
울리지 마

　제발 다리를 오므리고 울어 오줌 눌래?
　자 이리 와 여기쯤 와서 내가 지켜줄게
　그러고 어디 기차가 지나는 곳쯤 방을 잡고 나는 너를
　재우고, 고향 오래비처럼 오줌을 누고 싶어
　오줌 줄기의 포물선, 포물선의 고요함, 그리고
　쓰러져 잠 속의 시름

　눈꼬리에 눈물을 담고 고요함 속에 잠겨
　뿌리로 돌아가는 그 고요함* 히힛, 고향의
　누이처럼 코를 고는 너 곁에서

* 귀근왈정(歸根曰靜). 노자, 『도덕경』 16장(김용옥 옮김).

표정 2

도시로 팔려오는 짐승들의 뼈에는 쓸모없는 핏물이 많
도다 너, 도시로 들어오는 길에서 울었니
피곤한 뼈는 쪼개지지 않고 여편네는 뼈를 자르다 땀
을 훔치는도다

저 아가씨 아직도 국밥을 먹고 있어 한 숟갈이 태산 하
나 떠내는 것 같군
왜 이리 눈물이 나지 파가 너무 매운 모양이군

여편네는 자꾸 우네
파를 썰며 눈물을 훔치며
이봐요 아가씨, 국물을 먹을 땐 눈물을 삼키는 게 아냐
뼈가 시린가, 이렇게 뼈국물을 우리면 퍽퍽한 생애가
또 뽀얗게 흐려질 터이므로

도시 한켠에 허깨비 같은 김에 둘러싸여 그러나 보낼
것 같은 표정만 끝내
떠나보낼 수 없는 표정만 짐승 울음처럼 웅크리는 법
인 게지

무작정 상경한 울음의 도시,

우리는 촌척寸尺의 시야를 가질 수……

꽃핀 나무 아래

한때 연분홍의 시절
시절을 기억하는 고약함이여

저 나무 아래 내 마음을 기댄다네
마음을 다 놓고 갔던 길은 일테면
길이 아니고 꿈이었을 터 아련함으로 연명해온
생애는 쓰리더라

나는 비애로 가는 차 그러나 나아감을 믿는 바퀴
살아온 길이 일테면 자궁 하나
어느 범박한 무덤 하나 찾는 거라면
이게 꿈 아닌가,

더러 돌아오겠다 했네 어느 해질녘엔
언덕에도 올라가고 야산에도 가고
눈 쓰린 햇살 마지막 햇살의 가시에 찔려
그게 날 피 흘리게 했겠는가
다만 쓰리게 했을 뿐

했을 뿐, 그러나 한때 연분홍의 시절

꿈 아닌 길로 가리라 했던 시절

가을 벌초

도라지꽃 푸른보라 입술의 바람이 사뭇 낙낙한 햇볕으로 고이는 때 어스름이구요 막내의 쉰내 나는 겨드랑이 사이로 길가마귀 홍시 같은 넌출등불이 가까운 마을마다 켜지는데요 다 저녁때사 산은 머리를 풀며 안개의 자궁 속에 숨고 그 자궁 속에서 막내는 벌초를 합니다

아버지 올해는 우리 둘만 보냈군요 오누이가 절을 할 쓸쓸한 뒷모습 더운 청주 한잔으로 눈가에 차올라 이승의 마지막 잔인 듯 당신 절로 멀리 있는 무덤이 되어 그리운 산 오누이의 가슴에 담겨드는 것을 막내는 막내라 그리운 산이구요 나는 누이인지라 그리운 산 가슴 아픈 자궁인데요

딸의 자궁으로 들어와 한줌의 가엾은 풀무더기 가엾은 벌초가 되어 어린 아들의 붉은 손가락에 잡혀 넘어가시는군요 괜찮타 괜찮타

헉헉거리는 입김이 당신의 마른 가슴에 닿아 저리도 막막해져 켜켜로 쌓이는데요 진설하고 난 사과를 뚝뚝 분질러 흩어버리던 나는 산도 무덤도 아무것도 아닌 이승에서의 세 식구가 초승달이 감추어둔 길을 걸어 진설 음식이 내어놓은 새 길을 걸어 그리운 눈물로 고이는 것을 보았는데요

봄날은 간다

사카린같이 스며들던 상처야
박분薄粉의 햇살아
연분홍 졸음 같은 낮술 마음 졸이던 소풍아
안타까움보다 더 광포한 세월아

순교의 순정아
나 이제 시시껄렁으로 가려고 하네
시시껄렁이 나를 먹여 살릴 때까지

기차는 간다

기차는 지나가고 밤꽃은 지고
밤꽃은 지고 꽃자리도 지네
오 오 나보다 더 그리운 것도 가지만
나는 남네 기차는 가네
내 몸 속에 들어온 너의 몸을 추억하거니
그리운 것들은 그리운 것들끼리 몸이 먼저 닮아 있었
구나

한 그루와 자전거

저 나무는 한번도 멈추지 않았네
저 자전거도 멈추지 않았네

사람들의 마을은 멈춰진 나무로 집을 짓고
집 속에서 잎새와 같은 식구들이 걸어나오네

멈추지 않는 자전거의 동심원들은 자주 일그러지며
땅 위에 쌓여갔네 나무의 거름 같은
동심원들 안에서 사람의 마을은 천천히 돌아가네

차륜의 부챗살에 한 그루의 그림자를 끼워넣으며
자전거는 중얼거리네

멈춘 나무 사이에서 멈추지 않는 자전거가 되는 것은
얼마나 어려운가
한 그루와 자전거가 똑같이 멈추는 건 얼마나 어려운가
천천히 멈추면서 한 그루가 되는 것은 얼마나 어려운가

원당 가는 길

757 좌석버스, 세간의 바퀴가 나를 그곳까지 데려다주었다 딴은 그렇게 말할 수도 있지만 결국 내가 내 발로 그곳까지 갔을 뿐

라면 반 개의 저녁이면 나는 얼큰하게 먹어치운 저녁 기운에 이런 노랠 했었다네 We shall overcome
버리고 떠나온 한 비럭질의 생애가 밀물지듯 서늘해지는 세월의 저녁 We shall overcome 우리 이기리라 넘어가리라 건설하리라 또 다른 생애에의 희망 이 무감동의 희망

그러나 세간의 바퀴여
잠깐, 나는 단 한번도 내 뒷모습을 용서하지 않았으나 내 그림자는 발목을 잡고 한번도 나를 놓아두지 않았도다 그리고
길 아닌 길 건설의 무감동이 나를 무너지게 했던 그 길에, 가끔 깃을 털고 때까치가 날고 나, 미류나무에 기대어 마을을 내려다보면 하나, 둘, 불켜진 창마다 가슴은 언제나 설레어 이런 날 종일 누군가를 기다렸으나

온전한 벗도 온전한 연인도 다 제 갈 길을 갈 뿐

나, 내 마음의 고로古老를 좇아 서둘러 떠났을 때 보
았다

무수한 생이 끝나고 또 시작하는 옛사랑 자취 끊긴 길

그 길이 모오든 시작을 주관하고 마침내 마감마저 사
해주는 것을

눈에서 지워진 그 길 원당 가는 길이었던

내 삶의 무너지는, 자취 없는 길

IV

저 마을에 익는 눈

빈 마을인데 텅 빈 마을 들창 놓듯 빈집인데 웬 술 익
는 내가 진동하나 했더니 사람은 없고 누렁개가 새끼를
낳았구나 아직 어미배가 익숙한 놈들 서로 혀를 내밀고
배내피를 핥아내고 있구나 그 핏내가 술 익는 내였구나
　눈님이 저리도 장할시고 눈님도 저놈들 해털 사이를
진저리치며 반짝이는 얼굴을 부벼대고 있더이 이 마을
눈이 익을 곳 저 생명 눈부심 손가락 잘리듯 빨갛게 익어
가는구나
　이 치운 날 조선 산천에 햇것들이 몇 개 더 보태져

등불 너머

제가 일곱 된 해였나요 종가집 냇가에 초립걸패가 들어왔지요 때는 그믐이라 금방 깜깜해졌지만 등불 켜놓은 곳마다엔 싸리꽃이 재재거리며 희게희게 수다를 떨고 있었지요 또 하나 등불은 그날 초립걸패 노래꾼이 적벽을 타는데요 그래, 얼굴이 맨 소기름불인데 아흔 넘은 어른들 기억으로는 막걸리 지 돈 주고 받아먹는 걸패는 처음이라 합디다요

승상님 듣조시오 한번 더 듣조시오 적벽강 급한 불에 각기 목숨 살려고 천방지방으로 도망을 할 적에 뜻밖의 살 한개 수루루루 떠들어와서 팔 맞아 작신 부러지고 다리조차 맞아 전혀 군례헐 수 있서이까 어서 목을 베어주소서 혼비고향 둥둥 떠서, 아흐 중모리 훨쩍지쩍 우둥퉁 넘나쌌는데

애 업은 아낙들 물러서고 꽃잎 물든 처자들 약든 가슴 당최 못 건사해 일찌감치 자리 뜨고 노구들만 오소롱히 뚤레거리는데 내야 뭐 진즉 잠자리로 갔었지요

새벽참 냇소리 참 허랑터니 내 나갔다 냇가에서 소세

하는 노래꾼을 보았는데요 물로 이빨 우억거리더니 탁 뱉아내고 멍허니 물을 바라만 봅디다요 새벽잠에 아즉 써놓은 등불 너머 시꺼먼 새벽구름 밀려오더니 금세 벌 개지는 저 동쪽을 향해 니미 씨부랄것 오질토록 진 목숨 어쩌고 경드름조로 틀더니

고만 가설랑은 입때껏 못 봤지요 따는 보이기도 합지 요마는 그게 뒷물 아닌개비요, 뒷물 쑵쓸커든 도로 뱉은 물만 종가집 냇가를 흐르든지요 그 등불 너머 당최 분간 못 할 칠흑이든지요

저 문은 어디로 갔을까요

저 문 아래에서 그대와 꿈을 꾸었네 헤어지지 말기를
이제 나 혼자 와서 본다네 저 문은 어디로 갔을까

저 문은 우주의 문? 그래서 이런 묘비명
여기는 옛 경희궁의 정문인 흥화문터입니다

저 문은 인적의 문? 어제 개업한 봉쥴다방 주크박스에
서 들려오는 돈 워리 비 해피
　바퀴가 지나가다 뭉개버렸나, 누군가 물을 주는 걸 잊
어버렸을까
　저 문은 동물성인가 식물성인가

저 문은 한 인간의 아가리였거나 근데 천천히 지나가
는 생식도 수유도 끊어진 할머니
　할머니, 어디 편찮으셔요?

이제 혼자 와서 보니 나는 무엇인가
　무너져내린 곳에 서 있는 얼굴은 심술궂어라 무심의
심술이 날 울려요

그게 사랑인가 그게 없어져버림인가
그것이

거름비

들리나요 소문 없이
가고 노래도 없이
가고 들리나요
퍼질러앉아 온몸 살구덩이
흙창으로 주저앉아
들리나요 해어진 옷 사이로
벌건 어둠이 박혀
들리나요
벌겋게 그리움 내 자취는
그리움 들리나요
기어오르다
노래
내리다
노래
시커멓게 박혀
박혀 진저리
박혀 눈 부릅뜨다
아무것도 뵈지 않아 진저리
산천은 잎을 벌리고
받아내네요 들리나요

갤 것 같지 않은

막막한

막막한 너머의 주저앉는 것들

불귀

슬레이트 지붕
낡은 나무창 깨진
유리 너머로 밤
바람 한 움큼 밀어넣고 저물어가는
어둠이
친구처럼 따라눕는
불귀

내 자리 다시 알아볼 수 없고
머리 이운 친척들도
못 알아보는
불귀

솜털 서린 아침에 무릎이
젖어 아야 와 이리 머냐 그곳에 가몬 다시 안 오고 싶
을 것인데
와 이리 머노 팥죽 붉은 땀 베잠뱅이 쩐 햇살이
아이고 머리야 와 이리 깨질 거 같노
불귀

수수밭 이랑에 눈먼 구덕에
내 슬레이트 지붕
나무창 사각틀이 밀려들어가
불귀

내 신음도
기약도
패랭이꽃 벌린 입술
기어코 불귀
불귀

야야 이제 갈란다

나를 당신 것이라

── 1986, 세월에 대한 기억

나를 당신 것이라 부르지 말아요
술국을 푸던 손이 내 탯줄을 끊었죠
낯선 남자 살을 헤비던 손이
나의 배냇피를 닦았어요

어제 죽은 이도 마시던 물
저자 뒤란 개철쭉 흐드러진 우물이
난생처음 저의 비린 몸을 헹구었구요

처음 올 때부터 저잣거리 술 쩔어
속은 더 많은 바람 시퍼런 손아귀가
온몸 핏줄 바람살 드난살이 골을 새겼죠

저문 산길 채이는 밤서리 밟으며
저자 천덕꾸러기 재실이가 내 탯줄을 묻었는데요,
내 탯줄은 지금 어떻게 되었을까요
상여도가 꽃종이 접던 도갓꾼 오줌 기운에

썩고
또 썩어 있지요

시詩

낫을 가져다 내 허리를 찍어라
찍힌 허리로 이만큼 왔다 낫을
가져다 내 허리를 또 찍어라
또 찍힌 허리로 밥상을 챙긴다

비린 생피처럼 노을이 오는데
밥을 먹고
하늘을 보고
또 물도 먹고
드러눕고

남해섬에서 여러 날 밤

육지의 불빛이 꺼져가는 아궁이 쑥냄새 같은 저녁이었고 모래 구멍엔 낙지들이 살고 있었습니다 수만의 다리로 머리를 감추고 또한 머리와 다리가 무슨 양성兩性처럼 엉기면서 먼 저녁의 구멍을 지탱하고 있었는데요 그 구멍마다 저 또한 어둠이겠지만 엉겨붙어 살아 남는 것들이여 멀리 무덤 같은 인가에도 엉겨붙는 저녁과 밤과 새벽이 있을 거구요 이리 어둑하게 서 있는 나는 저 미역 저 파래 저 엉겨붙는 그리움으로 육지를 내치고 싶었습니다 진저리치는 저 파도 저 바위 저 굴딱지처럼 엉겨붙어 엉겨붙어,

유리걸식

이 지상에서 가난뱅이의 속량은 꿈 같은 것
그래서 장엄한 해를 뒤로하고
밤섬엘 간다
새랑 살기는 어디 쉬운 일인가
새 사이를 다니며 새에게 유리걸식해야 하는데
일이 이쯤 되면 차라리 새의 먹이가 되는 게 낫지 않
을까
내 몸 구석구석 쪼아대며 나를 무심하게 유리걸식한
새떼가 어서 어서 자 그리고
거대하게 이 지상에서 속량되도록
자 그리고 어서어서
속량되면서 이 지상이 끝나도록

세월아 네월아

세월아 네월아 시정의 아픈 사내가 시정의 아픈 여자를 데리고 여자는 아가를 누런 아가를 데리고 하염없이 엄없이 고구마를 튀겨 파는데

섬섬 바리시고 네여 도 닦듯 하염없이 튀김 기름 끓는 열반 속에 환한 수련 열 듯 고구마는 솟아오르고
누런 아가는 양털 보풀이는 싸묵눈길을 간다네 마징가나 은하철도 기름 열반 속 고구마 꽃잎에 뚝뚝 떨어지는 기름처럼 눈발은 잠 속을 녹아

세월아 네월아 하염없이 엄없이 네 가면 병 낫더냐 나을 병 없어도 아픈 시정들이
꺼먹꺼먹 튀겨내는 세월 네월아
아마 너라고 기름 열반을 바랐겠냐마는……

저이는 이제

저이는 이제 술을 팔지 않는다네
헐한 술을 빚던 저녁이 저이에게 있었던가
낡은 저녁 의자에 기대 노을 산숲처럼 끄덕이네
아주머니 차 한잔 파셔요 고향에 당도 못 한 나 같은
사람에겐
가슴으로 대신 누룩밭을 거두는 것을 당귀차라도 한잔.
저이가 술을 팔 때 나는 무얼 팔았던가
아주머니 편강 한쪽 주셔요 고향에 당도 못 한 저이 같
은 가슴으로
생강밭을 고르는 것을 생강편 같은 인가 근처로 가는
것을
갈 수 있다면 아주머니
고향에 가지 말고 저랑 둘이서 당귀차나 끓이셔요
이미 건너온 저 물에서만 퍼내도,
퍼내도 아주머니
낡은 저녁 의자 좀 빌려주셔요

산성 아래

산성山城에의 신실한 믿음이 만들어낸 논밭
정주하는 것들의 하릴없는 믿음보다
싸전 푸줏간 주막 사당들의 정주하지 못함
그 노역으로 마을의 인가를 덥히지 못하고
노역의 원한됨이 시방세계를 헤맬 때
천한 마음의 자궁 속에라도 들어가
인가 밖의 반찬 되지 못하는 들풀로 흔들려도
산성의 이름으로 나 살육하지 않음
산성의 보호 아래 정주하지 않음
그것이 마을과 마을을 이어주는 오래된 길이라
나 믿는 혼자 있는 불빛
여관의 불빛

내 속으로

불망천지 아늑한
벼랑
천지간에 문 열리는 소리

오, 내 몸속의
나여

거름밭 햇살
붉은 연기여

백수광부

다 저녁 환한 저녁

문자도 없이 문서도 없이
멸滅조차 적적한 곳으로
화엄도 도솔도 없이 문명의 바깥으로
무망無望 속으로
환하게

마음의 관능, 세간의 혼몽

박해현

(기자)

돌아오고 싶니? 내 노래야

내 목젖이 꽃잎 열 듯 발개지던 그 시절

노래야, 시간 있니? 다시 돌아올 시간,

나 어느 모퉁이에서 운다네

나 버려진 거 같아 나한테마저도……

―「늙은 가수」

　허수경의 시에는 멈출 곳 없어 헤매는 유랑 가수의 마음이 그려내는 지도가 들어 있다. 그 유랑 가수는 "둥글게 휜 길에서 불량하게/아픈 저 정처없는 건들거림"(「정처없는 건들거림이여」)을 겪으며 삶 자체가 떠돌이의 정처없음이 아닌가라고 흥얼거리면서, "내 인생은 막장 하지만 내 노래는 누굴 위한 걸까"(「바다탄광」)

라고 그 떠돎의 근거를 묻는다. 그 가수는 그런 의미에서 아프고 정처없이 건들거려야 할 뿐만 아니라 제 목소리와 곡조에 "버리고 떠나온 한 비럭질의 생애"(「원당 가는 길」)를 싣고서 그의 건들거림을 되새김질한다. 그 건들거림의 발자국이 만드는 옴팍한 속에는 "내일의 노래란 있는 것인가/정처없이 물으며 나 운다네"(「늙은 가수」)라는 신산한 세상살이와 막막한 방랑의 운명에서 길어올려진 눈물이 고여 있다. 그 눈물은 언어를 통해 결정화되면서, 애처로움·슬픔·고달픔·막막함 등이 삭신과 골수의 깊은 속까지 파고든 삶의 얼굴을 비쳐주고, 그 얼굴은 "네 얼굴은 나를 울게 한다"(「쉬고 있는 사람」)고 울부짖는다. 따라서 허수경 시의 술어들은 버림받다, 아프다, 무너지다, 쓰라리다 따위의 절망적 어사들로만 짜여 있고, 그 술어의 주어를 거슬러올라가면 "상처받은 마음"(「무심한 구름」)이 보인다. 그 마음은

> 한 사람이 한 사랑을 스칠 때
> 한 사랑이 또, 한 사람을 흔들고 갈 때
> 터진 곳 꿰맨 자리가 아무리 순해도 속으로
> 상처는 해마다 겉잎과 속잎을 번갈아내며
> 울울한 나무 그늘이 될 만큼
> 깊이 아팠는데요
>
> ──「청년과 함께 이 저녁」

라고 말한다. 그의 삶은 상처의 잎으로 무성한 나무 그늘의, 점점 암세포처럼 커져가는 그림자 아래에서 이루어진다. 허수경의, 삶의 나아감은 곧 상처의 증식이다라는 인식은 끔찍하다.

그리고 허수경은 젊어서 이미 늙어버린 시인이다. 이를테면 "인생을 너무 일찍 누설하여 시시쿠나"(「늙은 가수」)라거나 "내 늙음 속으로 슬픈 악수를 청하던 그 때를 남겨두고 사라지려 합니다"(「청년과 함께 이 저녁」)라고 거리낌없이 털어놓는다. 그런 점에서 그의 시는 "나는 이미 늙은 것이다"라고 탄식한 기형도의 우울한 기이함의 세계를 연상케 한다. 이를테면

나, 내 마음의 고로古老를 좇아 서둘러 떠났을 때 보았다
무수한 생이 끝나고 또 시작하는 옛사랑 자취 끊긴 길
그 길이 모오든 시작을 주관하고 마침내 마감마저 사해주는 것을

눈에서 지워진 그 길 원당 가는 길이었던
내 삶의 무너지는, 자취 없는 길

　　　　　　　　　　　　　　　　　—「원당 가는 길」

이라는 시행들은 너무 일찍 삶의 벼랑을 바라본 젊음이 무너져가는 길을 보여준다. 그 길은, 지상의 지도 위에서 원당이라는 지명으로 가는 길이지만, 무너져 자취없는 삶의 길이므로, "길 아닌 길 건설의 무감동이 나를 무너지게 했던 길"(「원당 가는 길」)이다. 지상의 길 위에 삶을 건설하는 것에 무감해진 시인의 마음이 이 세상 밖의 길을 모색하는 낭만주의의 유혹에 끌리지도 않는다. 그는 오직 사라져가는 현실 속에 몸을 담고, 그것이 헛된 것이지만, 그 헛됨을 피할 길이 없다는 것을 알고 있다. 그러므로 그는 밥상을 눈앞에 두고 몸의 허기를 채우려다

    생선국에 풀죽은 쑥갓을 건져내며
    눈가에 차오른 술을 거둬내며 본다 무심하게 건너가버
    린 시절
    아무것도 이루어질 수 없었던 시절
                                    —「무심한 구름」

을 떠올린다. 시간의 밑바닥에 가라앉아 있던 무력감의 시절이 뜨거운 국물에 흐드러진 나물처럼(최승호식으로 말하면 생선 깡통 속의 송장처럼), 눈자위의 취기로 처연해진 마음의 수면 위로 떠오른다. 지나간 시절에 대한 회한은, 그것을 아프게 탄식하는 마음이, 한 끼의 생생

한 밥을 눈앞에 두더라도, 궁핍하고, 허기져 있다는 것을 말해준다. 그 밥 앞에서의 고통은

> 잠깐, 광화문 어디쯤에서 만나 밥을 먹는다
> 게장백반이나 소꼬리국밥이나 하다못해 자장면이라도
> 무얼 먹어도 아픈 저 점심상
>
> 넌 왜 날 버렸니? 내가 언제 널?
> 살아가는 게, 살아내는 게 상처였지, 별달리 상처될 게
> 있다면 지금이라도 떠나가볼까,
> 캐나다? 계곡? 나무집? 안데스의 단풍숲?
> 모든 관계는 비통하다, 지그시 목을 누르며
> 밥을 삼킨다
>
> ──「서늘한 점심상」

라는 비통함을 밥을 삼키듯 받아내야 하면서, 어디론가로 떠나지 못하는 마음의 상처에 생겨난 화농에서 솟아오르기도 하고,

> 아마 식은 밥이 내 생애의 전당물이었을걸 나는 아직
> 도 밥을 먹으면 마음이
> 아파오지
> [……]

때로 밥이 아픈거든 능선의 고향을 생각해요 끝내 갈
　수 없는 곳일 터이므로

—「표정 1」

라는 시행들에서, 밥이 식도를 타고 위장으로 내려가듯,
삶이 생애의 식도를 타고 마음에 닿는데, 때로는 잃어
버린 고향의 능선이 떠올라 아픔을 가져다준다. 그 아
픔은 고향이라는 지상의 지도 위에서의 상실감뿐만 아
니라 "아련함으로 연명해온/생애"의 쓰라림(「꽃핀 나무
아래」)이라는 마음의 지도 위에 부린 회억을 말해준다.
그 쓰라린 생애란 "한 슬픔이 문을 닫으면 또 한 슬픔이
문을 여는 것을 이만큼 살아옴의 상처에 기대"(「혼자
가는 먼 집」)면서, "가시들이 몸을 뚫고 들어와 나는 꿈
틀거리며 가시를 바투어내느라 팥죽같이 끓어"(「저 잣
숲」)오르는 어느 싸움의 처절한 기록이다. 시인은 그 기
록의 진원지를 향해 가는 것이 "시절을 기억하는 고약
함"(「꽃핀 나무 아래」)이라면서도, 오히려 그 기억의 고
행을 마다하지 않는다. "지나간 일을 생각하면 내 몸이
마음처럼"(「왜 지나간 일을 생각하면」) 아프고,

　　봄그늘 아래 얼굴을 묻고
　　나 울었던가
　　울기를 그만두고 다시 걸었던가

나 마음을 놓아보낸 기억만

—「불취불귀不醉不歸」

없기 때문이다. 그 기억 속의 우는 얼굴은, 시간의 저편
에 있어서 어슴푸레하지만, 그 울음을 낳게 한 상처는,
떠나보낸 기억이 없는 마음속에서, 아직 살아 있다. 그
상처는

사랑은 나를 버리고 그대에게로 간다
사랑은 그대를 버리고 세월로 간다

잊혀진 상처의 늙은 자리는 환하다
환하고 아프다

—「공터의 사랑」

라는 사랑의 상실에 뿌리를 두고 있다. 여기서 형용사
'환하다'는 연인과의 별리가 기억 속에서 또렷하게 떠
오른다라는 의식 상태를 가리키면서, 그 체험이 어느
환한 봄날 또는 환한 햇살 아래서 이루어졌다는, 아픈
기억의 공간을 암시한다.

어느 해 봄그늘 술자리였던가
그때 햇살이 쏟아졌던가

와르르 무너지며 햇살 아래 헝클어져 있었던가 아닌가

다만 마음을 놓아보낸 기억은 없다

—「불취불귀」

    그의 추억은 대부분 "한때 연분홍의 시절"(「꽃핀 나무 아래」)에 집중되어 있다. 연분홍의 색은 환한 햇살을 연상시키고, 그 밝은 공간 속에서 이루어진 이별은 그 것을 둘러싼 "연록의 저 천진, 천진은 애리다"(「아버지의 유작 노트 중에서」)는 자연의 정황과 대비되면서, 오롯이 낙원에서 추방당한 자의 슬픔을 더욱 심화시킨다. 그래서 시인은, 잊혀진 상처의 늙은 자리는 환하고, 아프다고 말했는가. 그 환한 아픔은

환멸아, 네가 내 몸을 빠져나가 술을 사왔니?

아린 손가락 끝으로 개나리가 피는구나

나, 세간의 블록담에 기대 존다

—「쉬고 있는 사람」

라는 취기와 꿈속에서(시인의 표현을 빌면 몽생취사의 길 속에서) 되살아나 삶에 대한 환멸로까지 극대화된다. 취기는 자기 망상을 가져다주기도 하지만, 자기 연민의 애처로움에 빠지게 된다.

110

가수는 노래하고 세월은 흐른다

사랑아, 가끔 날 위해 울 수 있었니

그러나 울 수 있었던 날들의 따뜻함

나도 한때 하릴없이 죽지는 않겠다,

아무도 살지 않는 집 돌담에 기대

햇살처럼 번진 적도 있었다네

맹세는 따뜻함처럼 우리를 배반했으나

우는 철새의 애처로움

우우 애처로움을 타는 마음들

우우 마음들이 가여워라

마음을 빠져나온 마음이 마음에게로 가기 위해

설명할 수 없는 세상의 일들은 나를 울게 한다

울 수 있음의 따뜻했음

사랑아, 너도 젖었니

감추어두었던 단 하나, 그리움의 입구도 젖었니

잃어버린 사랑조차 나를 떠난다

무정하니 세월아,

저 사랑의 찬가

—「울고 있는 가수」

그 자기 연민의 감상을 동반한 취기는, 대취나 도취의 무릉도원으로 들어가지 못한다. 그 취기는 사랑아, 우우 철새의 애처로움, 무정하니 세월아 따위의 직설적

감정의 토로를 남발한다.

　그러나 시인은 감정의 늪에서만 허우적거리지 않는
다. 시가 "아편같이 시름 없이 아편같이 꿈 없어"(「도시
의 등불」) 흘러가는 "무의식의 무심함"(「아직도 나는 졸
면서」)을 살아 있는 감각으로 포착하는 것이라면, "아린
손가락 끝으로 개나리가 피는구나"(「쉬고 있는 사람」)
라는 시행이 그 예가 될 수 있다. 시인은 술을 마시다가
손가락 끝이 가리키는 시선의 방향에 피어 있는 개나
리 풍경을 보면서 눈이 아려오는 것을 느끼는데, 그 아
려옴은 몸의 누선은 물론 마음의 누선인 비애를 자극한
다. 그 촉발된 비애를 시인은 "아린 손가락 끝"이라는
몸의 감각으로 드러낸다. 이처럼 마음의 감정을 몸의
감각으로 치환하는 것은,

　　마음끼리 헤어지기 싫어할 때 견딜 수 없는 몸은 마음
　으로 들어온다 에이 바보같이 에이,
　　마음의 어깨 마음의 다리 마음의 팔이 몸을
　　　　　　　　　　　　　　　　　　　　—「사랑의 불선不善」

안으면서, 몸의 헤어짐을 막으려는 마음의 작용을 역
설적으로 드러내기도 한다. 그것은 시인이 "다정의 화
냥"(「왜 지나간 일을 생각하면」)이라고 부른, 마음의 관
능을 빚어낸다. 그리고 마음속의 환하고 아픈 상처가

"견딜 수 없는 저열"(「골목길」)을 뿜으며 피워내는 "앓
는 꿈"(「공터의 사랑」)이 펼쳐진다. 그 마음의 관능은

    i) 몸 얻지 못한 마음의 입술이
    어느 풀잎자리를 더듬으며
    말 얻지 못한 꿈을 더듬으리라

                        —「공터의 사랑」

    ii) 마음들끼리는 서로 마주 보았던가 아니었는가
    팔 없이 안을 수 있는 것이 있어
    너를 안았던가
    너는 경계 없는 봄그늘이었는가

                        —「불취불귀」

라고 노래한다. i)은 마음의 관능을 꿈틀거리게 하는 욕
망이고, ii)는 그 욕망의 뿌리에 들어 있는 상실의 체험
과 절망의 현재를 드러낸다. 그 마음의 관능을 잃어버
린 사랑의 실현, 즉 사랑의 몸에 대한 그리움에 다름이
아니다. 시인은 "마음끼리 살 섞은 방법은 없을까"(「마
치 꿈꾸는 것처럼」)라는 희원을 드러내면서,

    저 뱀도 맘이 아파, 왜?
    몸이 다리잖아요 자궁까지 다리잖아요 그럼,

얼굴은 뭘까?

사랑이었을까요······

아하 사랑!

마음이 빗장을 거는 그 소리, 사랑!

—「흰 꿈 한 꿈」

이라면, 사랑은 마음을 빗장으로 삼는다고 말한다. 그 사랑은 빗장이 걸린 채 저 너머에 놓여 있지만, 그것을 향한 마음이 곧 빗장으로 남아 있으므로, 사랑은 유예된 것이지 소멸된 것은 아니다. 따라서 그 마음의 빗장은 "그 손 기억하니?/결국 마음이 먹은 술은 손을 아프게 한다"(「흰 꿈 한 꿈」)면서, 잃어버린 사랑을 몸 감각의 선명한 영역으로 밀어넣어,

기차는 지나가고 밤꽃은 지고

밤꽃은 지고 꽃자리도 지네

오 오 나보다 더 그리운 것은 가지만

나는 남네 기차는 가네

내 몸속에 들어온 너의 몸을 추억하거니

그리운 것들은 그리운 것들끼리 몸이 먼저 닮아 있었구나

—「기차는 간다」(윗점: 인용자)

라는 추억의 육화를 잉태한다. 그것은 마음의 확실성으로 몸을 감금시키는 것이 아니라, 나/너의 이분법을 허무는 길을 모색한다. 비록

> 아무려나 당신 마음의 나그네가
> 내 마음의 나그네를 어디
> 먼빛으로나마 바래줄 수 있으려구요
>
> ──「연등 아래」

라고 체념하지만, 시인은, 나의 마음속에 타자의 몸을 심고, 그 역 또한 이루어지기를 희원하는 삼투 작용의 세계를 꿈꾼다. 내 마음과 당신 마음이 영원한 이별에 놓여 있을지라도, 그 마음속의 나그네들은 조우할 수 있지 않겠느냐는 "어둑어둑 대책없"(「정든 병」)는 소망을 담고 있는 것이다. 그런 의미에서 나/너의 삼투를 향한 마음의 관능은 "당신이라는 말 참 좋지요, 내가 아니라서 끝내 버릴 수 없는, 무를 수도 없는 참혹……, 그러나 킥킥 당신"(「혼자 가는 먼 집」)처럼 너의 현존하는 부재 혹은 부재하는 현존의 참혹을 견뎌내려는 방법론적 꿈이다.

그 꿈은 나/너, 만남/헤어짐 등 이분법의 해체를 연애시의 범주 너머로 확산시킨다. 허수경의 연애시적 어법은, 이성복의 연애시가 그렇듯이, 남녀의 연정뿐만 아니

라 자기와 타자, 삶·세계 등이 맺는 관계의 근원을 동양적 세계관으로 조명하고 있다. 그의 시는 특히 생/멸이란 꿈과 같다는 불교적 세계관을 토대로 삼고 있다.

> 나는 비애로 가는 차 그러나 나아감을 믿는 바퀴
>
> 살아온 길이 일테면 자궁 하나
>
> 어느 범박한 무덤 하나 찾는 거라면
>
> 이게 꿈 아닌가,
>
> ──「꽃핀 나무 아래」

태어나고 죽음이 자궁에서 무덤으로, 다시 자궁으로 가는 순환과 회귀의 꿈이라는 시인의 전언은 삶/죽음을 모두 아우르는 모성의 공간을 제시한다. 심지어 그는, 이승의 물안개 같은 경계를 떠나 "몸으로 빗장을 삼은 아버지"(「저 누각」)가 "딸의 자궁으로 들어와 한줌의 가없은 풀무더기"(「가을 벌초」)로 변해 몸의 빗장을 푸는 초혼가를 부르기도 한다. 그의 아버지에 대한 추억은, 개인적 차원이기도 하지만, 생과 멸의 운명으로 인해 헤어짐의 아픔을 겪어야 하는 혈연의 비애를 용해시키려고 한다. 그래서 그 자궁 이미지는 "쭈글쭈글한 주름벽의 황홀"(「아버지의 유작 노트 중에서」)로 나타나기도 한다.

생/멸이 한 편의 꿈이라는 인식은, 나의 몸/마음이란

모두 헛것이 아닌가, 나란 어디 있으며, 너란 어디 있는 가라는 깨달음에 다가서려고 한다. 그 무아無我의 차원에서, 나의 고통스런 삶이란, 그 고통의 개별적 진정성에도 불구하고

> 제일 아픈 건 나였어 그래? 그랬니, 아팠겠구나
> 누군가 꿈꾸고 간 베개에 기대 꿈을 꾼다
>   ─「쓸쓸한 여관방」

라는 것을 깨달을 때, 누적된 보편적 고통의 삶을 베개로 삼아 반복되는 꿈에 불과하다. 따라서 시인의 전언에 따르면, 삶이란 "연관의 불빛"(「산성 아래」)을 찾아서, 하룻밤 꿈꾸다가 "누군가 두드린다, 나갈 시간이 되었다고?/오오, 네 품에도 시간이 있어"라고 화들짝 놀라면서 깨어나 죽음으로 가지만, 또다시 "어느 무덤들 곁에 버려진 꿈처럼 길을 찾아" 어딘가로 떠나기를 반복한다는 것이다(「쓸쓸한 여관방」). 그러한 눈으로 바라본 현실은 사실성을 잃고,

> 멈추지 않는 자전거의 동심원들은 자주 일그러지며
> 땅 위에 쌓여갔네 나무의 거름 같은
> 동심원들 안에서 사람의 마을은 천천히
>   ─「한 그루와 자전거」

돌아가는 순환과 회귀의 원동력에 따라 운동하고 있는, 우주적 상상력의 공간으로 나타난다. 그 환상의 마주침 앞에서 시인은 "이 세간 혼몽에 잘 먹고 갑니다"(「쉬고 있는 사람」)라며 긍정적 허무의 세계를 노래한다. 그는 또

> 내 몸 구석구석 쪼아대며 나를 무심하게 유리걸식한
> 새떼가 어서 어서 자 그리고
> 거대하게 이 지상에서 속량되도록
> 자 그리고 어서어서
> 속량되면서 이 지상이 끝나도록
>
> ──「유리 걸식」

기원하면서, 지상에서의 몸을 기꺼이 속량의 제물로 바치면서, 지상에서의 마음에 아무런 희망도 세우지 않은 채 "무망無望 속으로 환하게"(「백수광부」) 사라지기를 꿈꾼다. 그러나 그의 긍정적 허무는 불교에서 말하는 출세간出世間으로 나아가는 구원의 희열에 빠져 있다기보다는, "세간의 바퀴"(「원당 가는 길」) 속을 맴돌면서 세간에서의 허무를 견디기 위한 노래를 만들어 낸다. 그는 비구니가 아니라 현실의 운명을, 하룻밤 꿈이 아니라 하나의 생애로 살아내면서, 그것을 노래해야 하

는 시인이기 때문이다. 그는 "여전히 설레이는 명命은 아파요"(「연등 아래」)라고 말할 수밖에 없고, 그가 사는 세상은, "나을 병 없어도 아픈 시정들"로 가득 차 있다. "시정의 아픈 사내가 시정의 아픈 여자를 데리고" 가는 이 아픈 세상에서 그의 마음의 관능은(「세월아 네월아」)

조사는 쌀 구하러 저자로 내려오고 루핑집 낮잠 자는
여자여 마침 봄이라서 화월지풍에 여자는 아픈데
조사야 쌀 한줌 줄 테니 내게 그 몸을 내줄라우
——「마치 꿈꾸는 것처럼」

라는 유혹을 통해 쌀(밥)과 몸에 얽매인 현실을 허물지 않을라우라고 속삭이지만, 그 시행들의 울림에 있어, 더 크게 울리는 것은 그 아픈 세상에서 그래도 서로 기대면서 밥 먹고 살 섞으며 살아내려는 중생의 애처로움이다("살아내려는 비통과 어쨌든 잘 살아남겠다는 욕망이 뒤엉킨 말, 먹고 싶다"의 애처로움!). 그래서 시인은 "세월아 네월아 하염없이 염없이 네 가면 병 낫더냐"(「세월아 네월아」)라면서 발병과 치병 사이를 왕복해야 하는 중생의 불우한 세월을 노래한다. 그러므로 시인의 마음은 세간의 유량 가수로, 몸은 현 없이도 우는 악기로 변용돼 나타난다. 그 마음과 몸은 시 「불우한 악기」에서

여자가 남자 팔에 기대 노래하는데
비에 젖은 세간의 노래여
모든 악기는 자신의 불우를 다해
노래하는 것

이라고 노래한다. 그리고 시인의 마음은, "끝내 희망은
먼 새 처럼 꾸벅이며 어디 먼데를 저 먼저 가고 있"으
니, 희망과 무망의 아득한 사이에서 서서

결국 악기여
모든 노래하는 것들은 불우하고
또 좀 불우해서
불우의 치복을 누릴 터

라고 그의 몸을 다독거리며 속삭이고 있다. 그 마음과
몸의 속삭임 사이로 비 내리는 소리만 아련한 꿈속의
노래처럼 들려올 뿐이다.